NOTICE BIOGRAPHIQUE

SUR

LOUIS-ÉTIENNE-FRANÇOIS

Vte HÉRICART DE THURY

Officier de la Légion-d'Honneur,
Membre de l'Académie des Sciences de l'Institut de France,
ancien Inspecteur général des Mines, ancien Conseiller d'État, Membre de la Société
d'Encouragement, des Sociétés d'Agriculture et d'Horticulture
de la Seine, etc., etc.

PARIS.

—

NOVEMBRE 1854.

NOTICE BIOGRAPHIQUE

SUR

LOUIS-ÉTIENNE-FRANÇOIS

Vᵀᴱ HÉRICART DE THURY

Officier de la Légion-d'Honneur,
Membre de l'Académie des Sciences de l'Institut de France,
ancien Inspecteur général des Mines, ancien Conseiller d'État, Membre de la Société
d'Encouragement, des Sociétés d'Agriculture et d'Horticulture
de la Seine, etc., etc.

PARIS.

—

1854

NOTICE BIOGRAPHIQUE

SUR

LOUIS-ÉTIENNE-FRANÇOIS

Vᵀᴱ HÉRICART DE THURY,

Officier de la Légion-d'Honneur,
Membre de l'Académie des Sciences de l'Institut de France,
ancien Inspecteur général des Mines, ancien Conseiller d'État, Membre de la Société
d'Encouragement, des Sociétés d'Agriculture et d'Horticulture
de la Seine, etc., etc.

M. le vicomte Héricart de Thury était si générale-ment connu dans le monde savant, industriel et agricole, que nous croyons devoir rappeler quelques-uns des titres nombreux qu'il avait à la juste consi-dération dont il a joui pendant tout le cours de sa longue et honorable carrière.

Louis-Étienne-François, vicomte Héricart de Thury, naquit à Paris, le 3 juin 1776. Il n'embrassa pas la carrière de la magistrature, qui était celle de son père, conseiller en la Cour des comptes de l'ancien Parlement, et de son oncle, le comte Ferrand, ministre du roi Louis XVIII, membre de l'Académie française et pair de France.

Son goût pour les sciences se manifesta de bonne heure, et, au sortir de la tourmente révolutionnaire, après avoir acquis sous l'habile direction de son père les connaissances dont il avait besoin, il se présenta aux examens de l'École des Mines, où il fut admis, le 13 avril 1795.

Les élèves passaient alors plus de temps à l'école qu'ils n'en passent aujourd'hui, et le jeune Héricart utilisa les années qui s'écoulèrent jusqu'à sa nomination au grade d'ingénieur en faisant à ses frais des voyages et en visitant plusieurs mines, notamment celles des Chalanches d'Allemont, et du Pezay près du Mont-Blanc, où il compléta son instruction, sous les ordres de M. Schreiber qui était alors directeur de l'école pratique.

Il a été nommé ingénieur ordinaire des mines le 7 octobre 1802, et envoyé en 1804 dans les départements de l'Isère, des Hautes-Alpes et de la Drôme où il est resté jusqu'en 1809, époque à laquelle il fut appelé à Paris pour y être chargé du service de l'inspection des carrières et de la direction des travaux que nécessitait alors, et que nécessite encore aujourd'hui l'état du sol excavé sur lequel repose une grande partie des quartiers situés sur la rive gauche de la Seine.

Il avait à peine trente-quatre ans lorsqu'il fut élevé au grade d'ingénieur en chef, le 13 décembre 1810.

C'est à lui que l'on doit la consolidation des carrières qui forment aujourd'hui ce que l'on appelle *les Catacombes*, et l'on ne peut faire un pas dans ces galeries souterraines, où il a fait ranger les nombreux ossements retirés des cimetières de Paris à l'époque de la révolution, sans y trouver la trace de son infatigable activité et de son intelligente direction. Il a publié sur ce sujet un ouvrage extrêmement intéressant.

En 1834, M. Héricart de Thury a été appelé au Conseil des Mines, où il a siégé en qualité d'inspecteur général jusqu'en 1848, époque à laquelle il a été mis à la retraite par application du décret du Gouvernement provisoire sur la limite d'âge fixée pour les ingénieurs des Ponts et Chaussées et des Mines.

Comme ingénieur, M. de Thury s'est particulièrement occupé de la question des puits artésiens. Il a publié sur cette matière de nombreux Mémoires qui ont été insérés, soit dans les *Annales des Mines*, soit dans celles de la Société centrale d'Agriculture, et notamment un ouvrage très-important, intitulé : *Considérations géologiques sur les puits forés*. Il a été, sinon le premier, tout au moins un des premiers à donner l'explication du jaillissement des nappes d'eau souterraines, et il a puissamment contribué à populariser en France ce genre d'ouvrages appelés à rendre de si grands services à l'industrie agricole et manufacturière. Il a été souvent consulté par les différents administrateurs, qui ont été mis à la tête de la Préfecture de la Seine, sur les chances de succès que pourrait avoir le forage d'un puits artésien à Paris. En lisant sa correspondance avec MM. de Bondy et de Rambuteau, anciens préfets de la Seine, ainsi que ses Rapports au Conseil des Mines comme inspecteur général chargé du service de la division du nord de la France, on voit en effet que, par l'étude approfondie qu'il avait faite des terrains qui entourent le bassin de la Seine, il avait pu indiquer avec une précision presque mathématique la profondeur à laquelle on rencontrerait les eaux jaillissantes, puisque, dans une lettre adressée en 1844 à M. le comte de Rambuteau, lettre que la Société d'agriculture a fait insérer dans le Recueil de ses Mémoires, il rappelle que, consulté par le ministre des Travaux publics sur la profondeur à laquelle il faudrait forer le puits de Grenelle, il avait répondu : « Qu'il faudrait « poursuivre le forage jusque dans les sables des

« grès verts, au-dessous de la grande masse de craie,
« à la profondeur de 550 mètres, » et c'est à la profondeur de 548 mètres qu'elles ont été atteintes ;
ainsi à une différence de 2 mètres seulement.

L'habile sondeur, M. Mulot, auquel la ville de
Paris doit le puits de Grenelle, rendait compte jour
par jour, pour ainsi dire du degré d'avancement de
ses travaux à M. Héricart de Thury. Il était avec lui
en correspondance continuelle, et quand on a lu les
notes échangées presque journellement entre eux à
cette époque, on demeure convaincu que M. Mulot a
été l'ingénieux mécanicien qui a exécuté avec une ha-
bileté incomparable et une persévérance que l'on ne
saurait trop louer, un travail qui n'a pas duré moins
de sept années 1), et qui était jusqu'alors sans précé-
dent dans les annales de l'industrie, mais que M. de
Thury a été véritablement la tête qui dirigeait le bras
du sondeur et qui soutenait son courage prêt à faillir
quelquefois, en l'éclairant sur la nature des couches
que sa sonde traversait et en lui faisant entrevoir le
terme prochain de ses efforts que le succès devait in-
failliblement couronner.

M. Héricart de Thury n'était pas seulement ingénieur des mines, il s'était beaucoup occupé d'arts

(1) Les travaux du puits de Grenelle ont été adjugés le 19 octobre 1833,
et les eaux ont jailli dans la cour de l'abattoir le 26 février 1841, dans
l'après-midi.

mécaniques et d'industrie, et ses connaissances spé-
ciales en ces matières l'ont toujours fait choisir par le
Gouvernement comme membre des jurys chargés de
prononcer sur le mérite des produits envoyés aux
grandes expositions de l'industrie, et, en dernier lieu,
à celle de Londres, en 1851.

La Société d'Encouragement, la Société d'Agriculture dont il était membre depuis près de quarante
ans, et qu'il a présidée plusieurs fois, enfin la Société
d'Horticulture, qu'il a fondée à Paris, le 11 juin 1827,
qu'il a présidée pendant plus de vingt-cinq ans, et qui
lui a décerné à l'unanimité, le 16 décembre 1852, le
titre de président honoraire fondateur, conserveront
le souvenir de son utile et laborieuse coopération.

Il possédait aussi en architecture des connaissances
étendues qui le firent choisir, sous la Restauration,
pour remplir les importantes fonctions de directeur
des travaux de Paris (1), qu'il a conservées jusqu'en
1830. C'est sous son administration qu'ont été ache-
vés plusieurs des grands monuments qui décorent
la capitale, et notamment le Palais de la Bourse.

M. de Thury a été gentilhomme de la chambre du
roi Charles X, conseiller d'État et membre de la

(1) M. Héricart de Thury a été nommé directeur des travaux de Paris
par ordonnance royale en date du 13 janvier 1823.

Chambre des Députés pendant presque tout le temps de la Restauration.

Il a presque toujours été du Conseil général de son département, celui de l'Oise. Il n'en a été momentanément éloigné que lorsque la loi électorale, en limitant à 30 le nombre des conseillers généraux dans les départements qui comptaient plus de 30 cantons, a ôté au canton de Betz la possibilité de se faire représenter, mais aussitôt que le suffrage universel, accordé après la révolution de 1848, eut levé cet obstacle, M. de Thury a été renommé et n'a plus cessé de faire partie du Conseil général qui trouvait en lui un membre aussi laborieux qu'expérimenté.

En 1824, l'Académie des Sciences lui a fait l'honneur de le choisir pour occuper la place d'académicien libre, devenue vacante par la mort de M. le duc de Lauraguais-Brancas.

De tous ses titres, c'était à celui d'académicien qu'il tenait le plus, et, lorsqu'il lui fut offert, il ne croyait pas avoir assez de droits pour pouvoir y prétendre. Il fallut toute l'insistance de plusieurs des membres les plus éminents de l'Académie pour le décider à se porter candidat. Sa famille conserve précieusement deux lettres, l'une de M. Gay-Lussac, qui lui offre sa voix, et une autre dans laquelle M. Arago lui dit : « qu'après

« avoir fait son examen de conscience, il ne trouve
« personne qui ait plus de droits que le directeur des
« travaux de Paris à la place devenue vacante, et le
« prie de lui faire savoir *s'il ne lui serait pas dés-*
« *agréable* qu'en temps et lieu il le désignât comme
« un des candidats. »

En marge de cette dernière lettre, se trouve une
note écrite de la main de M. de Thury, dans laquelle
il dit qu'il ne croit pas devoir entrer en lutte avec un
concurrent tel que celui que lui désigne M. Arago, et
« qui ne peut manquer, ajoute-t-il, de réunir tous les
« suffrages. » Cette réponse ne surprendra pas les
personnes qui ont assez connu M. de Thury pour
apprécier toute la modestie de son caractère. L'Académie ne confirma pas le jugement qu'il portait sur
lui-même et le nomma (1).

Peu de carrières, on le voit, ont été aussi honorable-
ment et aussi complétement remplies que la sienne.

Il aimait l'étude avec passion ; il a travaillé jusqu'au dernier jour de sa vie, et, lorsque la mort est
venue le frapper, à Rome, le 15 janvier 1854, il com-

(1) L'élection eut lieu dans la séance du 15 novembre 1824. M. Héricart de Thury obtint, au premier tour de scrutin, 32 suffrages sur 55 vo-
tants ; les 23 voix de la minorité furent réparties entre les *trois autres
candidats.*

posait un ouvrage sur les marbres d'Italie, qu'il n'a
malheureusement pas eu le temps d'achever.

Nous ne pouvons nous décider à terminer cette
esquisse trop rapide de la vie de M. de Thury sans
parler des belles qualités qui le distinguaient comme
homme privé. Chez lui, la noblesse du cœur était alliée
à celle du sang; il avait une affabilité et une distinc-
tion qui prévenaient tout d'abord en sa faveur; aussi
a-t-il eu de nombreux amis, et nous croyons pouvoir
ajouter qu'il n'a jamais eu d'ennemis. Chacun se
plaisait à rendre justice à cet homme excellent, qui a
été animé toute sa vie des deux sentiments les plus
nobles que Dieu ait mis en nous: l'amour de ses sem-
blables et l'amour du travail. Tout le temps qui n'était
pas consacré par lui à l'étude était employé à faire le
bien. Dans les hautes fonctions qu'il a remplies du-
rant sa longue carrière, les occasions de rendre service ont été nombreuses pour lui, et nous pouvons
affirmer qu'il n'en a jamais laissé échapper aucune
volontairement. Le pauvre trouvait particulièrement
accès près de lui, il écoutait avec une bonté touchante,
et il obligeait avec une grâce et une délicatesse qui
décuplaient le prix du service rendu. Nous aimons à
croire que cette justice lui est accordée secrètement
par tous ceux qu'il a obligés, et qui, le plus souvent,
n'étaient connus que de lui seul. Il avait une droiture
dont il a été parfois victime.

Il a conservé jusque dans un âge avancé la plus re-
marquable activité d'esprit et de corps. Il a fait, à la
fin de 1852 et au commencement de 1853, un voyage
en Italie que la santé du troisième de ses fils avait
rendu nécessaire, et il en a profité pour parcourir ce
beau pays et pour l'étudier comme aurait pu le faire
un jeune homme qui aurait eu sa réputation à fonder.
C'est qu'il avait un profond amour du travail, comme
nous l'avons déjà dit, et le besoin d'apprendre, et
d'apprendre toujours. « Combien je regrette, disait-
il, d'être venu ici si tard! » Aussi comptait-il y re-
tourner pour reprendre des travaux commencés et
pour se retrouver auprès de ce fils dont la santé nécessitait un second voyage. Il avait formé ce projet à
une époque où rien ne paraissait devoir mettre obstacle
à son accomplissement.

Il s'écoula encore quelques mois sans que sa famille
eût aucun sujet de concevoir de l'inquiétude. Vers le
commencement de l'automne, il prit part aux travaux de son Conseil général et y apporta, comme toujours, son tribut de lumières et cet esprit pratique
des affaires administratives qu'il avait acquis pendant
le cours de sa longue carrière d'ingénieur.

Ses forces ne commencèrent à le trahir que vers le
mois de novembre. Ses traits, sensiblement altérés,
décelaient un mal qu'il ne voulait pas s'avouer à

lui-même et qu'il cachait avec soin à tous ceux qui
le chérissaient, parce qu'il craignait que l'on eût
l'idée de l'empêcher d'aller rejoindre ce fils dont il
venait d'avoir la douleur de se séparer pour la pre-
mière fois. De ce moment il ne vécut plus que pour
le jour du départ, qui eut lieu le 30 décembre 1853.
Ses parents, ses amis, le virent partir avec la plus
douloureuse anxiété. Il était impossible de se défen-
dre des plus tristes pressentiments. Le temps était
affreux, une neige épaisse couvrait la terre depuis
près de quinze jours, et, pour comble de malheur, la
traversée de Marseille à Civita fut des plus pénibles.
Il supporta ses souffrances propres, aussi bien que
celles que venait y ajouter la rigueur de la saison,
avec une douceur et une résignation qui furent ad-
mirées par tous ceux qui en furent témoins. L'espé-
rance le soutenait et lui donnait la force de com-
mander au mal.

Enfin, après quatre-vingt-quatre heures d'une traversée qui n'en dure que trente ordinairement, le
bâtiment entre dans le port de Civita. Il aperçoit sur
le quai son fils qui était venu de Rome au-devant de
lui, et qui depuis trois jours était dans la plus grande
inquiétude sur le sort de sa famille. Ses deux fils
aînés, qui l'avaient accompagné avec leur mère, le
soutinrent pour aller jusqu'à cet enfant chéri qu'il
serra pendant quelques instants contre son cœur sans

pouvoir proférer une parole, puis il leva les yeux au ciel, et dit : « Maintenant, je puis mourir. »

Cette scène avait profondément ému les passagers du *Mongibello*, et, lorsque quelques-uns d'entre eux rencontrèrent, *huit jours après*, dans les rues de Rome un convoi conduit par l'ambassadeur de France, escorté par toutes les autorités françaises de la ville, et se dirigeant lentement, en plein jour (1), vers l'église de Sainte-Marie-du-Peuple (2), ils ne pouvaient pas croire que ce convoi fût celui de leur vénérable compagnon de voyage, de ce vieillard qui, n'écoutant que les inspirations de son cœur, avait bravé la maladie, les rigueurs de la saison et la fatigue d'un long voyage, pour venir embrasser ce fils qu'il craignait tant de ne pas revoir.

Dieu lui a accordé cette immense consolation, mais ses forces étaient épuisées, il n'avait pas compté avec elles. La crainte d'être privé du dernier bonheur qu'il voulait goûter en ce monde, l'émotion qu'il éprouva

(1) Contrairement aux usages romains, l'enterrement eut lieu *en plein jour*, et avec le même cérémonial qu'en France. M. le comte de Rayneval a voulu que la dépouille mortelle de l'homme distingué qui venait de terminer sa longue et belle carrière à Rome, y reçût les honneurs qui lui auraient été rendus dans son pays. Sa famille lui en sera éternellement reconnaissante.

(2) Les restes mortels de M. de Thury, qui, d'après sa volonté expresse, ont été laissés à Rome, reposent aujourd'hui dans l'église Saint-Louis, à côté du monument élevé à la mémoire des Français tués pendant le siége.

en revoyant ce fils bien-aimé, avaient achevé de rui-
ner cette constitution naguère si forte encore, mais
si profondément altérée depuis quelques semaines.

Cependant, il supporta assez bien la route de Civita à Rome, et sa famille eut un instant l'espoir que
le repos et la douceur du climat auraient une heu-
reuse influence sur lui. Il paraissait l'espérer aussi, et
il disait, avec. cet accent qu'il savait rendre si tou-
chant quand il parlait à sa femme et à ses enfants :
« Que le bonheur allait lui rendre la santé.» Tous
ceux qui l'ont connu, savent qu'il ne l'a jamais cher-
ché ailleurs que dans les douces joies de la famille. Il
était entouré des objets de ses plus tendres affections,
et il ne manquait à cette réunion que le plus jeune
de ses fils, dont il parlait sans cesse avec amour.

Sept jours après son arrivée, des symptômes alar-
mants se manifestèrent presque subitement, et les
yeux clairvoyants qui veillaient jour et nuit sur cette
chère santé, ne s'abusèrent pas sur l'imminence du
danger.

Il était du petit nombre des hommes que la mort
peut surprendre. Dieu n'a pas voulu, cependant,
qu'il en fût ainsi.

On a eu le temps d'aller chercher au Gèsu le

R. P. de Villefort, qu'il avait connu lors de son premier voyage à Rome l'année précédente, et avec lequel il s'était étroitement lié. Il a répondu avec une présence d'esprit admirable aux exhortations de ce saint homme, qui connaissait mieux qu'un autre sa belle àme; il a jeté un regard plein de tendresse sur ses trois fils agenouillés près de lui, et qui, dans ce moment suprême, regrettaient l'absence de leur plus jeune frère qui n'était pas là pour recevoir sa part de la bénédiction paternelle. Il a pris ensuite la main de celle qu'il aimait comme aux premiers jours de leur union, il l'a portée à ses lèvres pour lui faire comprendre qu'il la remerciait une dernière fois du bonheur dont elle l'avait fait jouir pendant plus de vingt-huit ans, et des soins dont elle l'avait constamment entouré; puis il a fermé les yeux, et il est allé prier dans le ciel pour ceux qu'il avait tant aimés sur la terre.

Novembre 1854.

Paris. — Imp. Bailly, Divry et Ce, place Sorbonne, 2.

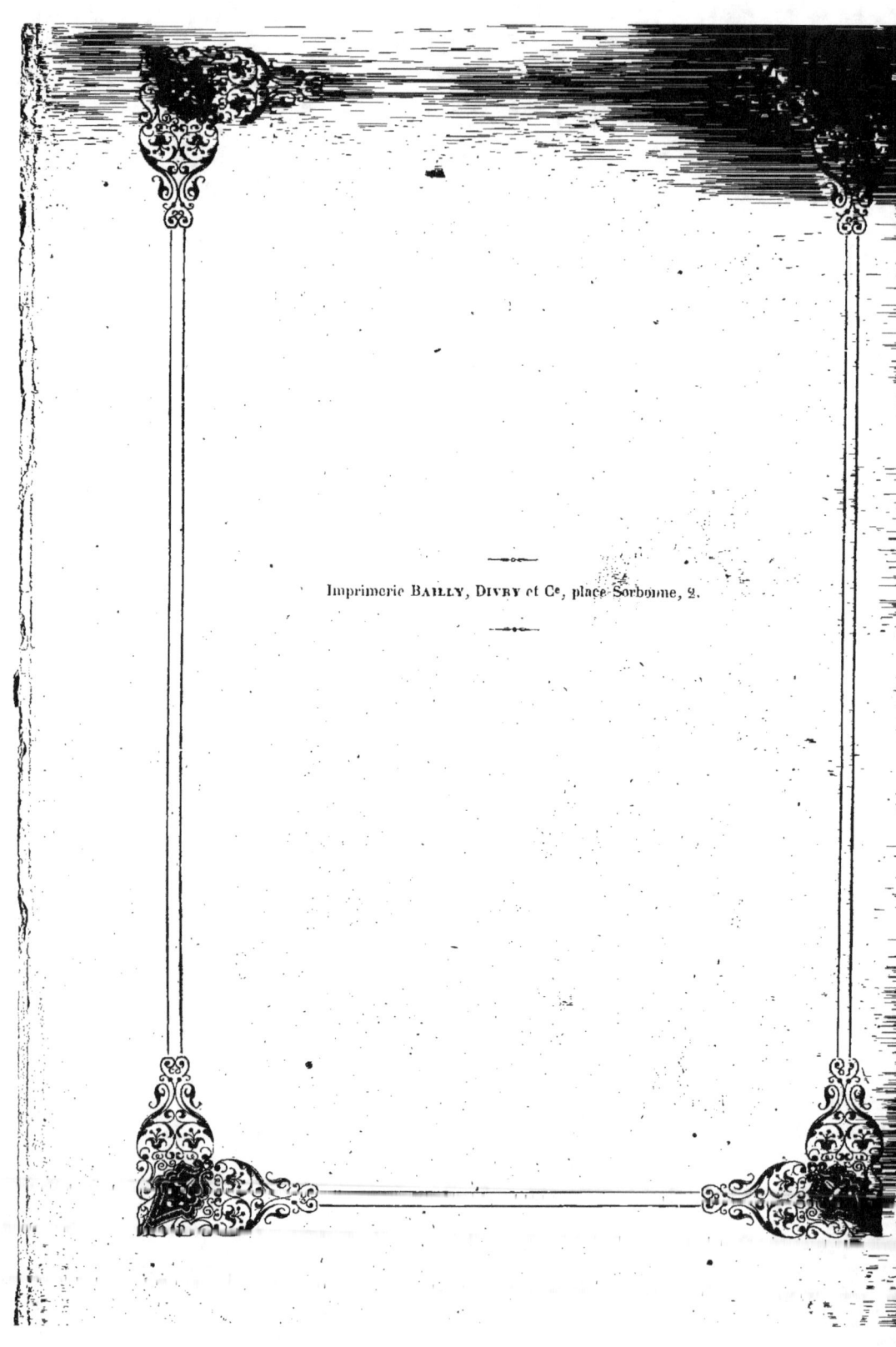

Imprimerie BAILLY, DIVRY et Cᵉ, place Sorbonne, 2.